NAO SASAKI
DIAMOND IN THE ROUGH

Vom Schicksal geschliffen

Namenloser Junge

Lebt in der Erzader. Er scheint Kai seit Langem zu kennen.

Kai

Seine Familie und sein linkes Bein, in dem nun der rote Diamant steckt, wurden von einem mysteriösen Erzhandwerker versteinert.

Mineral ◆ Diamant, roter Diamant

In einer Welt, in deren Mittelpunkt Steine stehen, nimmt der reisende Erzhandwerker Akeboshi in einem unterirdischen Dorf Kai als Lehrling auf, dessen linkes Bein und Familie drei Jahre zuvor von Kurotobi versteinert wurden.

Nachdem Kai versteinert wurde, kämpfen Tsuzumi und Akeboshi gemeinsam, um ihn zu retten. Auf dem Weg zum Versteck der Übeltäterin werden sie von Kurotobi angegriffen. Währenddessen wird Kai an der Erzader einer Prüfung unterzogen. Ein namenloser Junge hilft ihm das Rätsel zu lösen. Dabei erfährt er, dass Kurotobi sich des roten Diamanten bemächtigt hat und Akeboshi kurz vor der Niederlage steht. Doch in diesem Moment fängt der rote Diamant zu strahlen an. Wird Kai es mit der Kraft der Umkehrung und Akeboshis Hilfe schaffen, seine Versteinerung rückgängig zu machen?

Yukari

Eine geheimnisvolle junge Frau, die Kai versteinert hat. Sie ist Kurotobis Komplizin.

Kurotobi

Er ist ein ehemaliger Erzhandwerker des Bergbaubunds und hinter Kais rotem Diamanten her.

Mineral ◆ Stibnit

Sakon

Sie ist Kommandantin der ersten Einheit der Inspektionsbehörde des Bergbaubunds und Kos Lehrmeisterin. Sie ist cool, redet aber seltsam hochgestochen.

Mineral ◆ Lapislazuli

Ko

Sie ist Mitglied des Bergbaubunds. Sie tritt Feinden gemeinsam mit ihrem Tigergefährten Huang-Fu gegenüber und vergöttert Akeboshi.

Mineral ◆ Tigerauge

Akeboshi

Er ist Erzhandwerker, Kais Retter und Lehrmeister. Er ist zwar nicht besonders gut im Lehren, gilt aber als äußerst geschickt im Umgang mit Rubinen.

Mineral ◆ Rubin

INHALT

DIAMOND IN THE ROUGH
Vom Schicksal geschliffen

Nao Sasaki

... deine Stimme vernahm ...

Als ich das erste Mal ...

... bitterlich am Weinen.

... warst du ...

6

Doch jetzt ...

... kann ich dich ...

... heiter lachen sehen.

... hasst du mich.

Wegen mir ...

Vergib mir ...

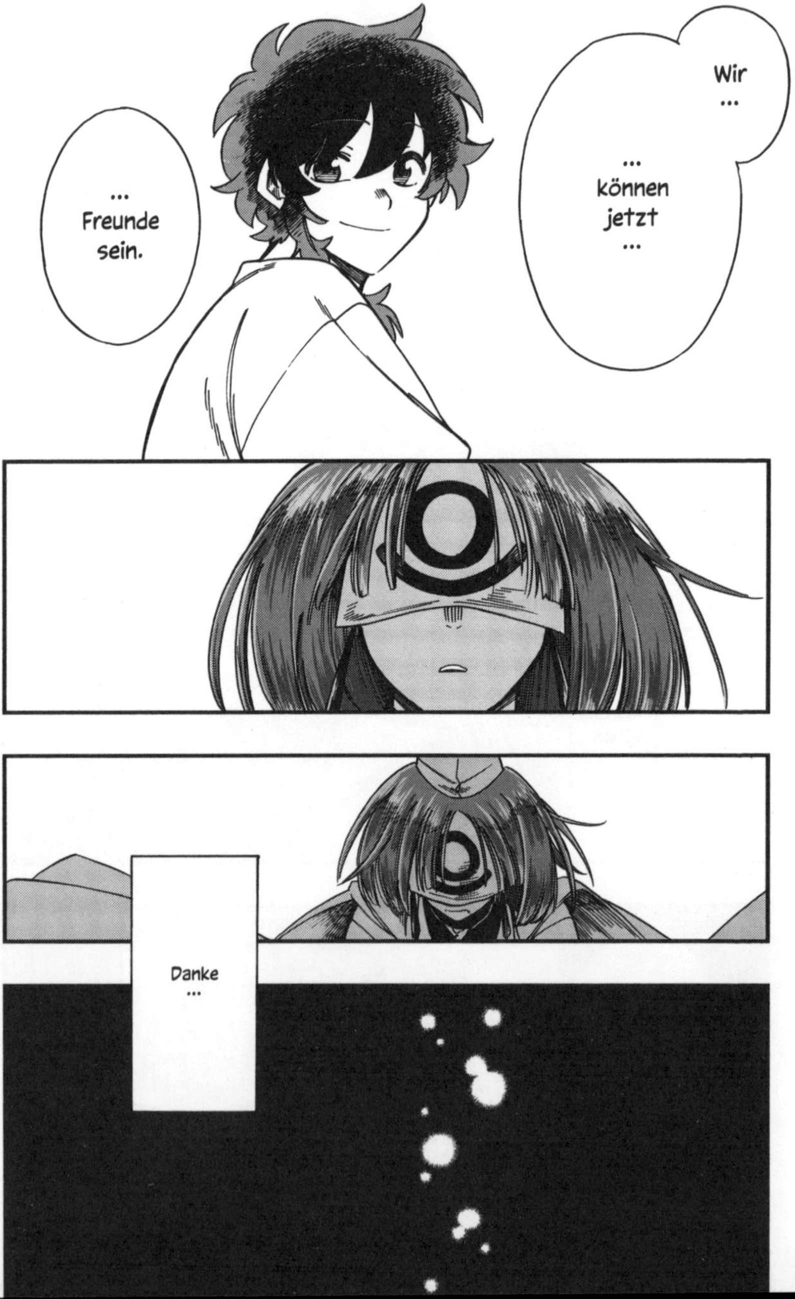
Wir ...
... können jetzt ...
... Freunde sein.
Danke ...

Vielen Dank!

...
und ziel-
strebig.

...
aber
ich mag
dich sehr.
Du bist
froh
...

Ich mag
ein wenig
gleichgül-
tig tun
...

Deshalb
wünsche
ich dir
...

...
nur das
Beste
...

...
für
deine
Reise.

...
und eine
ungeheure
Menge an
Leitkraft
erhalten.

Der kleine
Mensch hat
die Prüfung
überwunden
...

Durch
diese Kraft
konnte er je-
mand Unberech-
tigtem das Recht
verleihen, dich,
den roten Dia-
manten, zu
nutzen.

Der Roh-
diamant
...

...
steht
im Raum
zwischen
Stein und
Mensch.

Woraufhin
er es schaffte,
seinen Körper aus
seiner Versteine-
rung zu lösen.

Wird der
kleine Mensch
seine neue Kraft
beherrschen
können?

Nun
...

...
dann
Kai!

Wenn
wer
...

... war
es mein
Problem.

Von
Anfang
an ...

Auch
Akeboshi
ist am
Ende
...

Und
doch ver-
sank alles
um mich
herum im
Chaos.

...
wegen
mir.

Ich war zu
schwach.

Ich
hasse
es
...

Noch mehr Rückstrahl-fläche?

Wie riesig!

zwusch

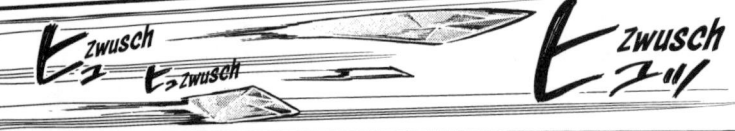

Zwusch

Zwusch

Zwusch

Krinng

Wa...

Was zum ...?!

Er ist weitaus stärker als zuvor.
Fast so, als bewege sich der Diamant aus freien Stücken.
Du bist ...
... schon der echte Kai, oder?
Ja.
Er hat mich ...
... wieder zurückgebracht.
Ich bin wieder zu Hause.

Pfffsch
Hey!
Lass mich runter!
Aber Kai, du bist barfuß, das ist gefährlich!
Ach was! Dein Körper ...
Keine Sorge! Als du zurückgekommen bist, ist das Stibnit in meinem Körper verschwunden. Ich fühl mich federleicht!
Aber trotzdem ...

Wie kann das sein?!

...mich nicht bewegen. Was ist hier los?!

Ich kann ...

Ihr habt ...

Krck

Krack

Krack

klang

Rotz...

...bengel!

PUUH!

Ich
kann
das.

Auch
ich kann
kämpfen!

BADUMM

BADUMM

!

Gemeinsam mit Akeboshi kann ich es schaffen!

すっ Sst

Raschel
ご"と...

Akeboshi! Ich kann ...

Klimper
チャリ...

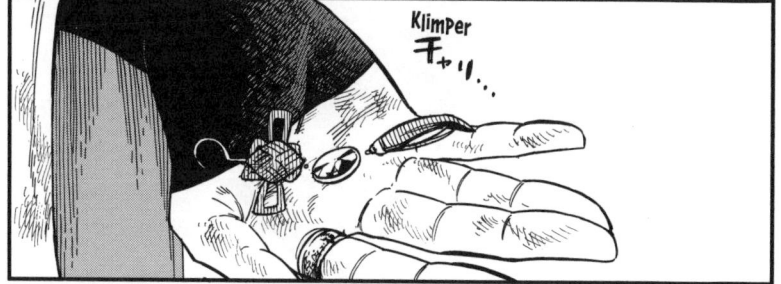

34

Daran wird man üblicherweise erkannt.

Auch der Umhang ist ein Erzhandwerker-Merkmal.

Ja, er erinnert den Meister daran, immer für seinen Lehrling da zu sein.

Der Ohrring repräsentiert Erzhandwerker. Dürfen Lehrlinge ihn auch tragen?

Meister

Umhang

ERZHANDWERKER-MERKMALE

← Der Meister hat Quasten dran.

Lehrling

Ohrring

Im Futter ist das zu dem Meister gehörende Mineral eingearbeitet.

Es ist Brauch, dass der Lehrling den Ohrring am Ende der Ausbildung zurückgibt, worauf der Meister ihm einen neuen Ohrring schenkt.

... gilt allein der Umhang als Zugehörigkeitsmerkmal.

In Organisationen wie dem Bund, die ihre Lehrlinge wie fertig Ausgebildete behandeln ...

Übrigens ...

36

Lapis-
lazuli!

Tsching

Ba da ba da ba damm

Khriiiiii

Blumen
im Winde!

So konnte sie Kurotobis Stibnit detonieren lassen.

In den Hörnern der Steinfresser sammelt sich Leitkraft.

Detonation

Aber sie hat Kai versteinert!

Dafür genügte es, den Stein zu aktivieren, der bereits in Kai verankert war.

Ihr gelingt es nur, Steinmonster zu kontrollieren.

Jedoch kann sie keine anderen Steine steuern.

Zeit für deine Revanche.

Zeig ihr, was uns ausmacht.

46

51

Bwamm

Fu

Fiep

Basch

Danke!
Schnell,
ihr nach!

H H Raschel

Huang-
Fu!

Lapis-
lazuli!

Mist!

Reini-
gender
Wall!

Stimmt,
ich weiß nichts
über deine Um-
stände
...

Tsching

Urgh!
Was glotzt du so?!
Du bist ihre Meisterin, was?!
Verpiss dich, sonst dreh ich der Süßen den Hals um!
Die Bitte muss ich ablehnen.
Ko mag zwar meine Schülerin sein ...
... aber sie ist in erster Linie Mitglied der Inspektionsbehörde.

Kiiiee
Auf einen solchen Handel einzusteigen ...
... wäre eine Beleidigung von Kos Arbeitsethik.
Unterschätze sie nicht ...
... sonst zahlst du einen hohen Preis.
Kracks!!

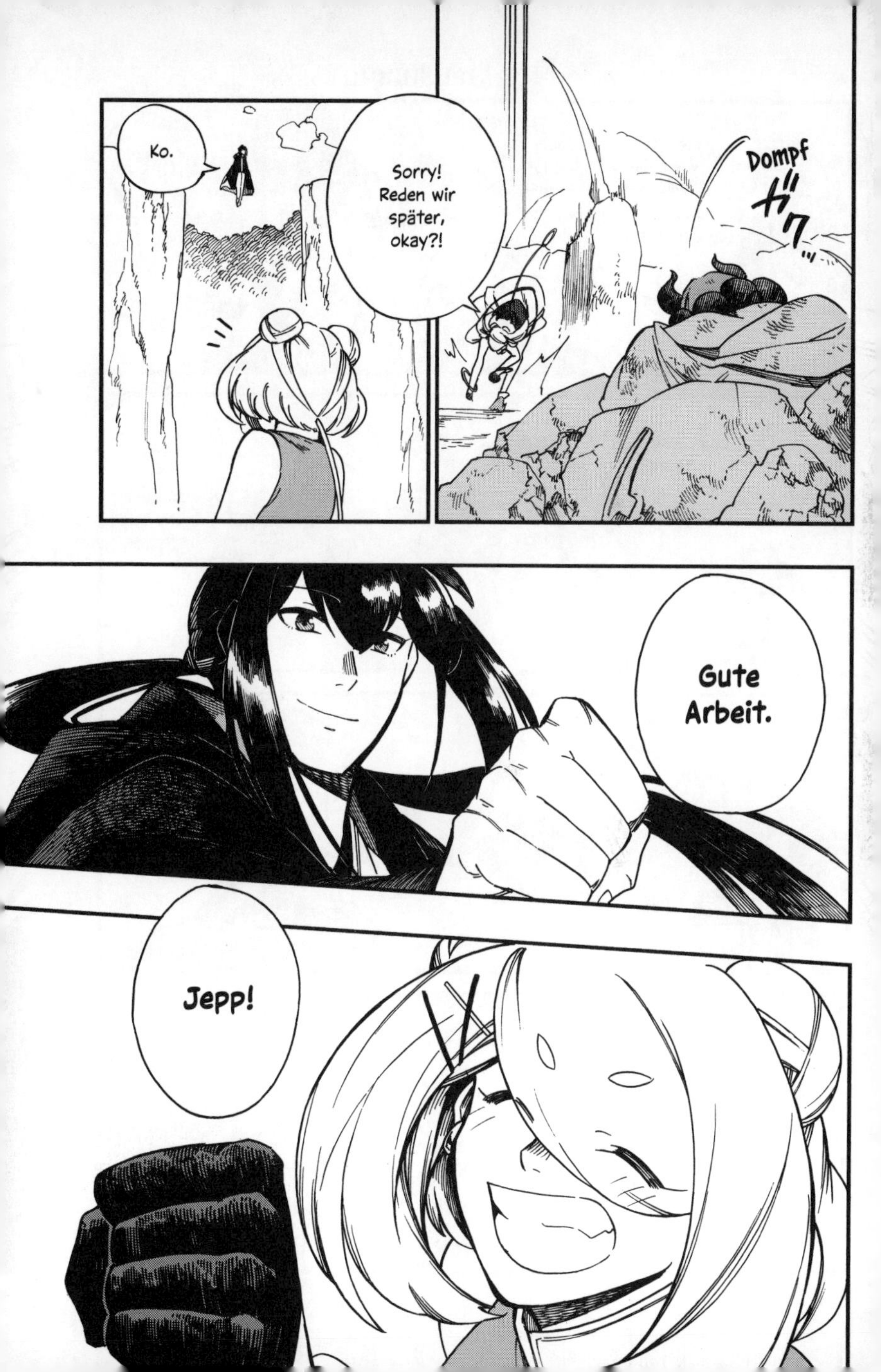
Dompf
ガク…
Sorry! Reden wir später, okay?!
Ko.
Gute Arbeit.
Jepp!

Der Hausmann

Vor mir?

Vor allem vor Kais Fähigkeiten ziehe ich den Hut!

Jeder Tag ist so aufregend!

Wie ist das Reisen so?

Ko.

Und Löcher in der Kleidung flickt er auch gleich!

Er zaubert im Nu Teigtaschen!

So lecker!

... benutzt das Badewasser für die Wäsche ...

Er kennt sogar Steinerbsensprossen, die wieder nachwachsen ...

Ko, lass das!

Wie peinlich!

Hör auf!

... und benutzt Eierschalen, um Teekannen zu reinigen!

Darf ich die Schuhe wirklich tragen, Akeboshi?

!

Versetzen wir ihm ...

Mir bleibt noch ein letzter Flammen- stoß.

Ehrlich gesagt ist meine Leitkraft am Ende.

Klar.

... den letzten Stoß!

Grapp

Nicht so voreilig.

...

Der
Junge ist
sichtlich
erschöpft
...

...
und sein
Meister hat
kaum noch
Leitkraft.

Hmm
...

Was
haben
sie nur
vor?

Sie tei-
len sich
auf?

Dapp

Der Meister,
war ja klar!

DAPP

DO do do domm

Sst

Fwoh

dompf

dompf dompf

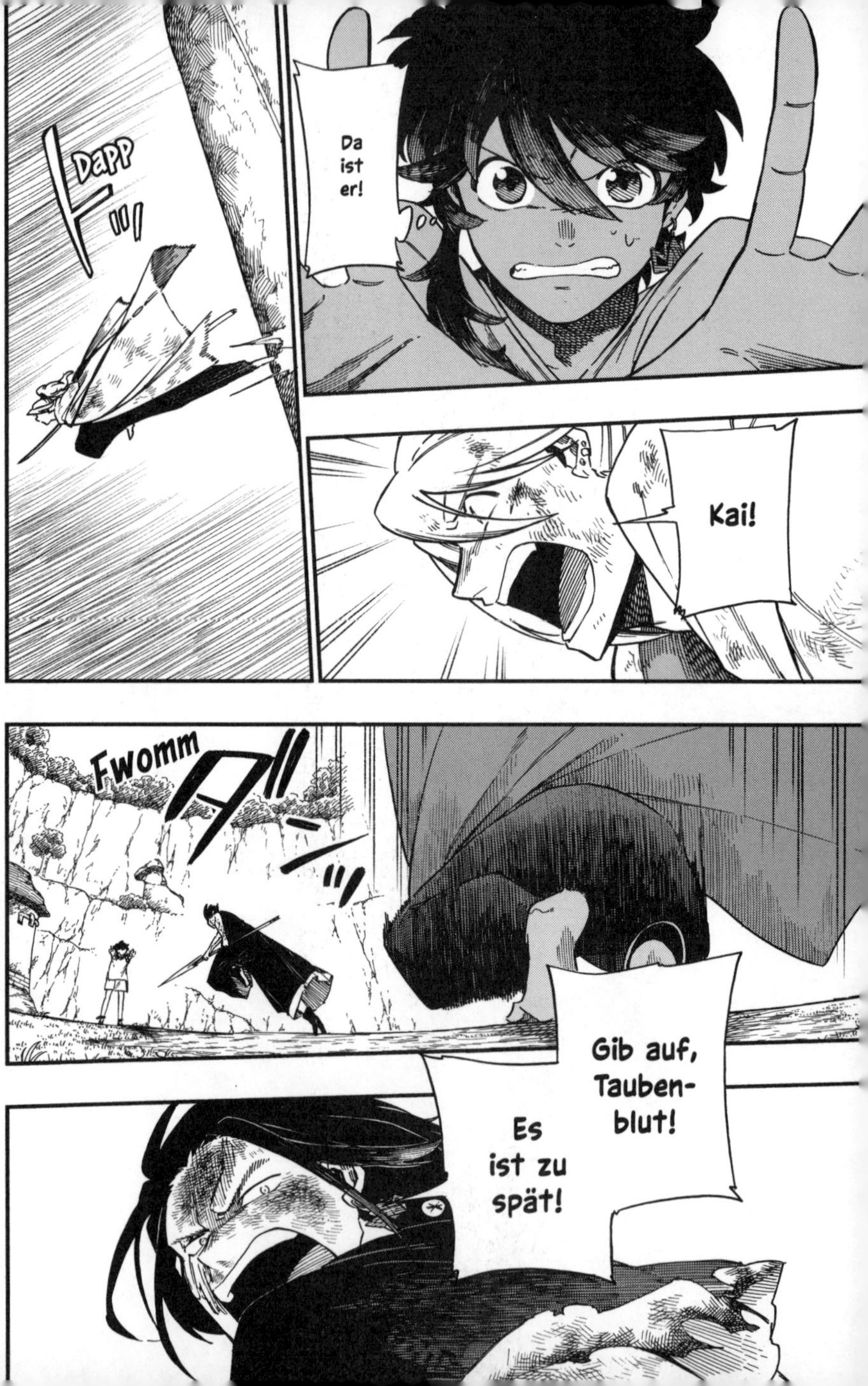
Da ist er!
Dapp
Kai!
Fwomm
Gib auf, Tauben-blut!
Es ist zu spät!

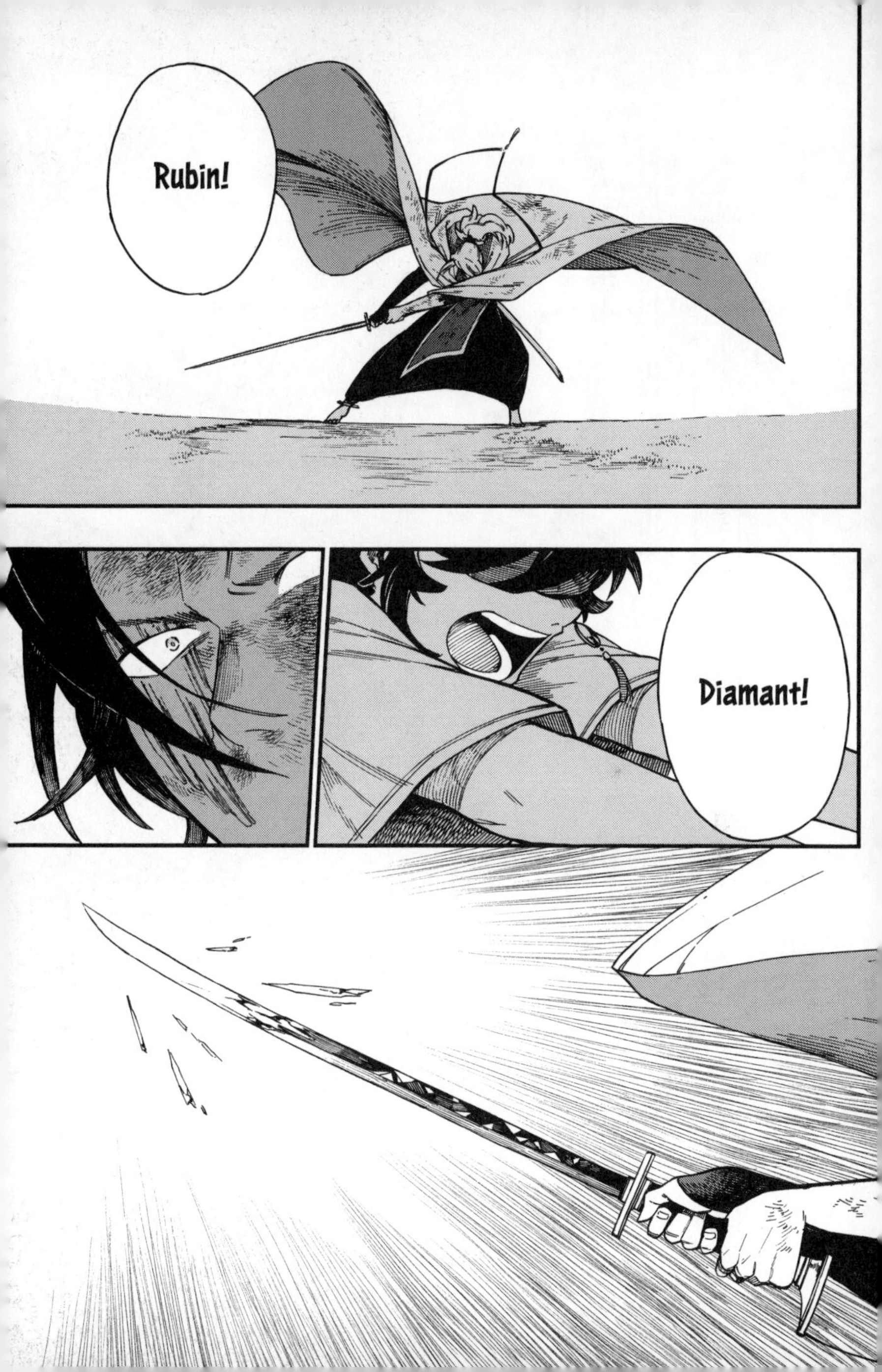
Rubin!
Diamant!

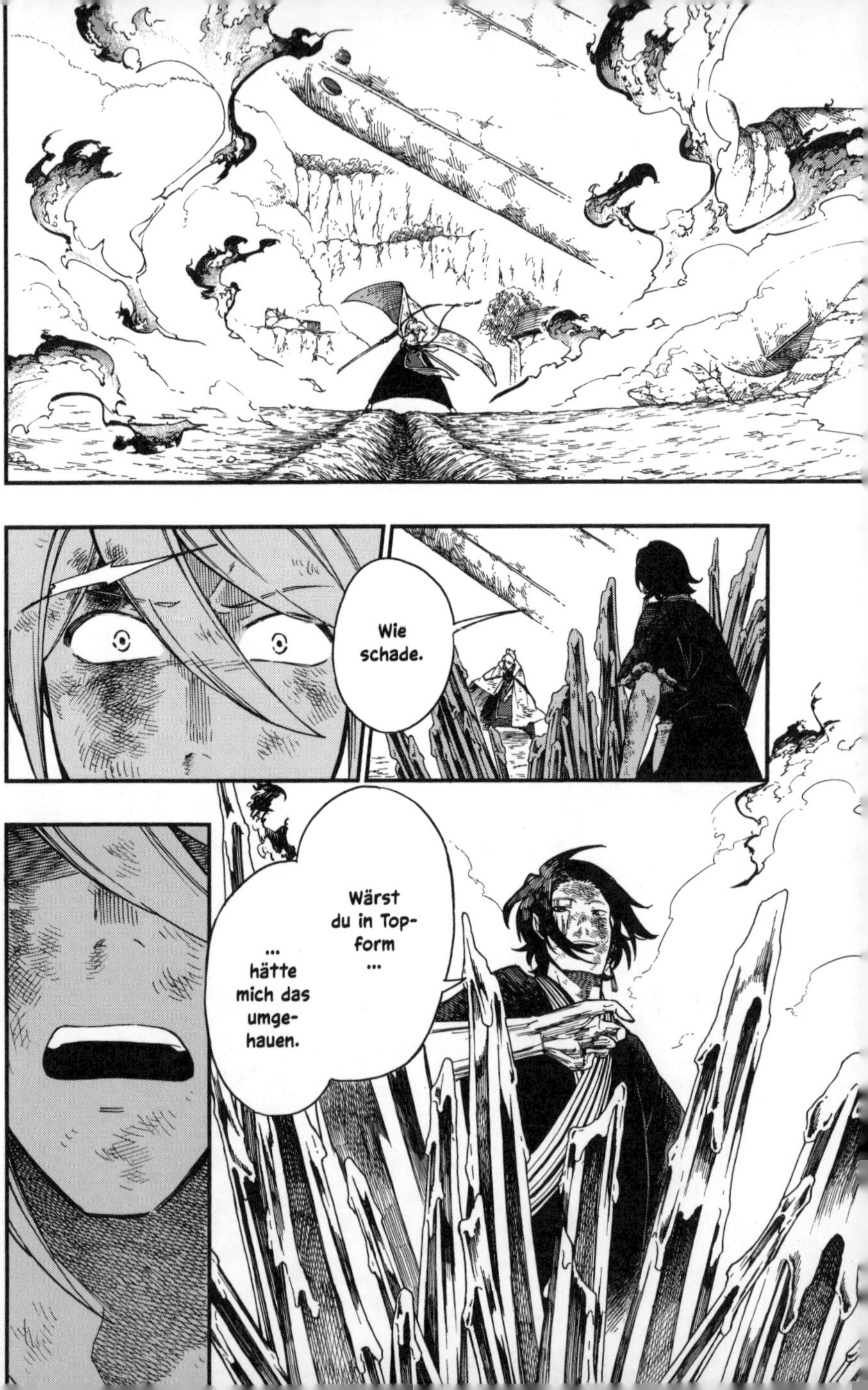
Wie schade.
Wärst du in Topform ...
... hätte mich das umgehauen.

Was magst du an mir?

Auch wenn es nicht danach aussieht, sind die beiden verheiratet.

Ähm ...

Was denn, Tsumi?

Hmm, keine Ahnung.

Was mögt ihr denn aneinander?

Hör auf damit!

Nicht wahr?

Meine Brüste?

So wie er aussieht, sind's ihre Zöpfe.

Nö, eher auf meinen Po!

Hör auf, hör auf, hör auf!

Der Griesgram steht auf Brillen, oder?

Sicher ist es Eure positive Energie!

Das Stibnit ...
... war ein Fehlschlag.
Nutzlos.
Wertlos.
Das Gift könnte doch nützlich sein.
Nein, wir fangen neu an.
Hach ...
Na gut.
Ist das nicht, weil er ein *** ist?
Eklig.
Egal.
Fass ihn nicht an, er ist giftig.
Scheint, als ob das Kind einen Topas hatte.
Sehr gut.
Der da hat einen Smaragd.
Wow!
Ein Diamant!
Wunderbar!
Farbe und Größe sind tadellos!
Toll!
Die Kinder hat Gott auserwählt!
Was dich angeht ...
...
...
...

Diese Welt ist so schön, das es wehtut, nicht?

Ha ha!

»Gestohlen«, sagst du?

Falsch, ich hab sie gerettet.

Kai?!

...? du?

Was meinst ...

Hä?

Ah!

!

Kai, bist du das?

Ko! Sakon!
!
Trapp
Kai!
Geht es dir gut?! Hast du Schmerzen?! Hast du Lähmungen?
Wie fühlst du dich?
Pack
A... Alles gut!
Mir geht es gut!
Schüttel
Gott sei Dank!
Plipp
Schock
Wa...?!

ピ Pfiuuh
ユル・・・

!

Krack

!

°⁰O
Mist!

Er zielt auf
sich selbst?!

Moment!

Halt!

Das
hast du
davon.

Plock

Kuro-
tobi
...

Vergib
mir.

Krack

Krrck

Es wäre
zu schade,
wenn du
...

Krck

...
zu Stein
würdest.

Krack

Sag

...

... mir nur wieso?

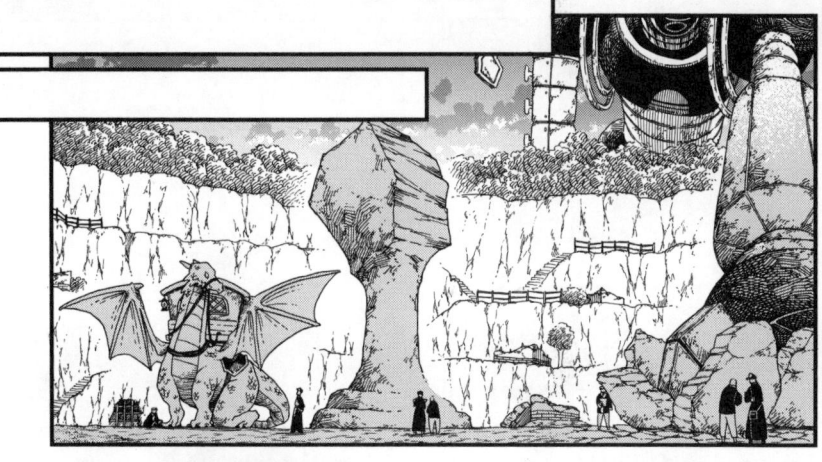

... waren Kurotobis Worte.

Das ...

»Wären alle Menschen wunderschöne Edelsteine, würde diese Welt zu einer des Glücks werden.«

Wegen seines Stibnits wurde er als Fehlschlag angesehen und schlecht behandelt.

... Teil desselben Experiments wie ich gewesen zu sein.

Er scheint ...

Das mag sein.

... alle in Edelsteine verwandeln?

Wollte er deshalb ...

Ich wurde selber schon mal im Stich gelassen.

Du bist also Akeboshis Lehrling.

!

...

Gwitt

Ja.

Das ist Tsuzumi, von dem ich dir erzählt hab.

Kai.

Fr... Freut mich!

Und jetzt kann ich das Chaos aufräumen, das du hinterlassen hast? Pah!

Tsuzumi!

... kann nichts Gutes bedeuten.

Dass man mich hintergeht und den Koloss heraufbeschwört ...

Wie groß er ist! Und so tolle Hörner!

ドゥ Baddm

ドゥ Baddm

Persönlich ist es ...

Tut mir leid.

... für mich schwer ...

... jemand meines Volkes versteinert zu sehen. Kriminell oder nicht.

Lamm ...?

Ähem! Ich zeige doch nur Mitleid!

Das stinkt mir!

Ah, spielst du schon wieder das Unschuldslamm?

Der Lehrling von Akeboshi ... Muss anstrengend sein.

Tsuzumi!

Aber hey!

... war Kai? Dein Name ...

Jawohl! !

Nö.

Dotz

Aua!

Ich muss mich noch bei dir ent- schu...

Stimmt ja!

Dotz

Uff!

Nö!

Aber ...

Moment mal!

... nicht aufge- geben hast.

Ich bin nur hier, weil du ...

Ich
sag es
noch
mal.

Drei Tage später

Und du glaubst echt, das funktioniert?

Wir sollten es zumindest versuchen.

Eine Mutter und ihr Kind einfach aus der Versteinerung zu befreien, hmm ...

ブンッ
Tomp

Kapitel 26: Licht im Dunkel

Ich glaube, ich kann sie mit Umkehrung zurückholen, so wie ich es mit mir gemacht habe.

Umkehrung

Auflösung der Versteinerung

Roter Diamant

Setzt Versteinerung ein

Heißt das ...

... du brauchst Kurotobis Hilfe?

... ist seine Bedingung, Yukari nicht zurückzuholen.

Jedoch ...

Er ist willig zu kooperieren.

Mir kommt es so vor ...

Sind die beiden nicht Partner?

Wieso denn das?

... als wäre Kurotobi davon überzeugt, dass die Versteinerung einen rette.

Yukari zurückzuholen ...

... widerspräche dem, was er denkt.

Mein Fürst!

Aber wovor soll es einen retten?

Ich hab nicht vor, Kurotobi zu verstehen ...

... das im Kopf behalten.

... aber wir sollten ...

Mach keinen Blödsinn, okay?

Kurotobi.

Solltest du lügen, beginnt die Rutilquarz-nadel ...

... sich zu bewegen.

Jaja.

Rutilquarz:
Hat die Kraft, die Wahrheit von der Lüge zu unterscheiden.

Rutil-quarz!

Kai, Akebo-shi.

Fangen wir an.

Gut!

Oha? Ihr vertraut mir also kein Stück ...

Schck

Nadel-käfig!

...

Huch,
wo sind
wir ...?

WUPP
キョロ

?

WUPP
キョロ

Ah!

Komm
mit uns!

Die
Evakuie-
rungszone
ist im Stadt-
zentrum!

Du hast
uns doch
geholfen!

Kein Vergleich zu unserem Kunststück von vorhin.

Jemanden zu Stein oder in ein Juwel zu verwandeln sind zwei verschiedene Paar Schuhe.

Der Aufbau der Methode ist kompliziert und man braucht eine enorme Menge an Leitkraft.

... ich beherrsche diese Methode nicht mehr.

Und sowieso ...

Ich bin ein misslungenes Experiment.

Je mehr ich mein Stibnit benutze, desto schwächer wird mein Körper.

Was soll das heißen?!

Pack

Keine Chance, dass ich die Methode heute noch anwenden kann.

Ich bin bereits viel schwächer als vor drei Jahren.

Auch sonst gibt's niemanden mehr.

Scha-de, nicht wahr?

Kurotobi spricht die Wahrheit.

Nein, Kai.

Kai!

Du kannst es, lüg nicht!

Lügner!

Das soll ich dir glauben?!

119

...

Wieso
...?

Wieso
ausgerech-
net meine
Familie?

Wieso
sie?

Sie
war
...

...
die glück-
lichste.

Hä?!

Ich
musste
den Augen-
blick für
die Ewig-
keit fest-
halten.

Sie
war so
perfekt.

Leuchtend
schön, wie
ein Postkar-
tenmotiv.

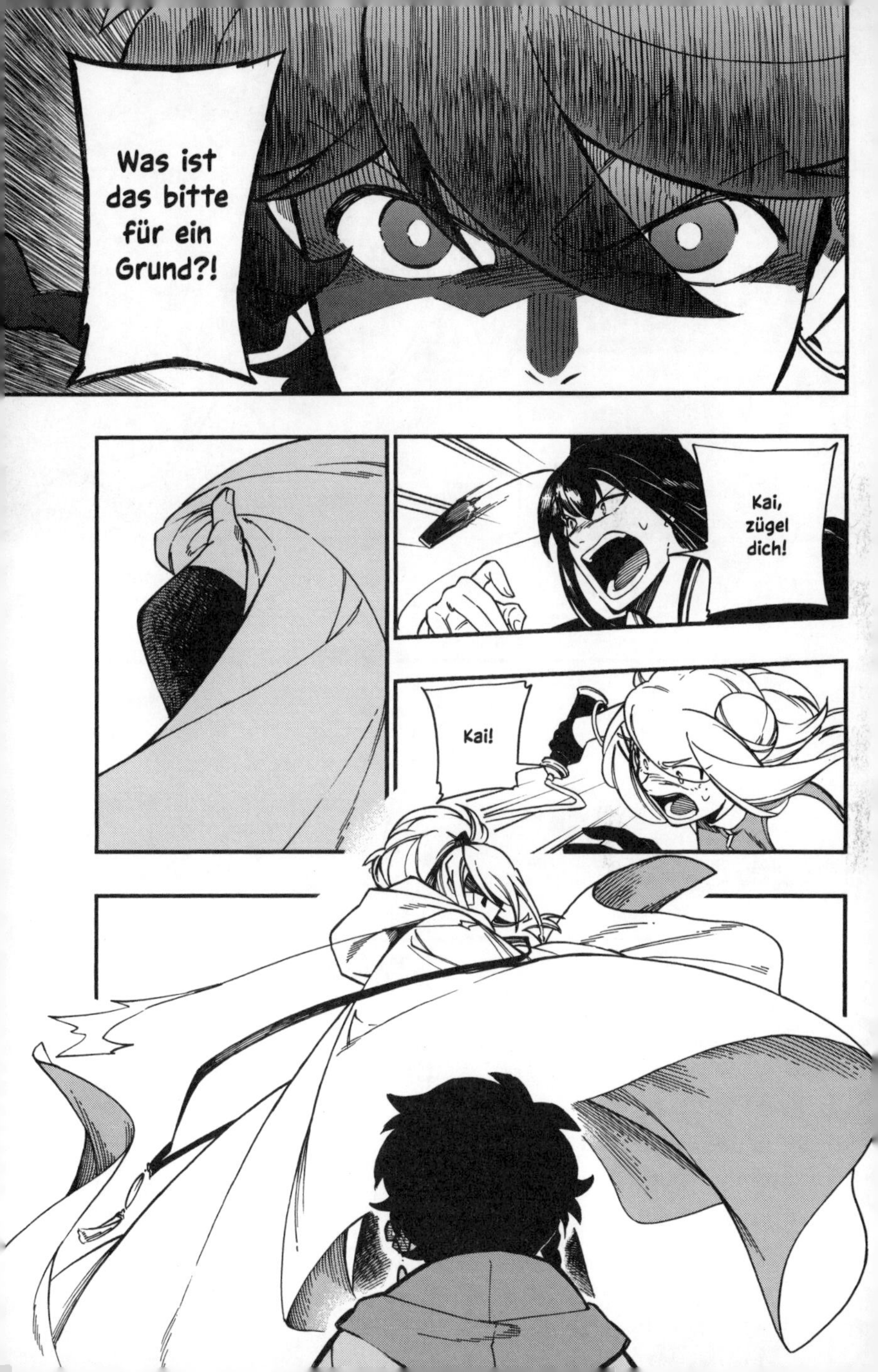
Was ist das bitte für ein Grund?!
Kai, zügel dich!
Kai!

... Früher sagten die Leute aus dem Dorf zu mir ...

Kai ... Alles okay?

Puuh

... dass meine Familie sich den Zorn von jemandem zugezogen hat ...

... und deswegen versteinert wurde.

Wie falsch sie doch lagen!

Kai ...

... bin ich erleichtert.

Strahl

Mir geht es jetzt besser.

Jetzt, wo ich den wahren Grund kenne ...

Ich werde nicht aufgeben.

Batsch

ポン
Stapf

ポン
Stapf

!

Gwitt

Genau!

Hach ...

Hä?!

Nein, ich hab da so eine Ahnung.

Glaubst du, Kurotobi wollte mich nur auf-ziehen mit dem, was er am Ende gesagt hat?

Aber wo soll ich anfangen ∞?

Eifersucht

Ich muss ... ... noch mehr über den Roh- diamanten heraus- finden!

Wäre es nicht besser, du bliebest in unserer Obhut?

Es könnte sich um eine Falle Kurotobis handeln.

Bist du dir sicher?

Nach allem, was ich angerich- tet hab ...

Ja, schon ...

Gibt's denn keine Chance, dass Kai auf Reisen gehen kann?

...

Es muss doch einen Weg geben!

Tsu-zumi.

Sa-kon.

Und ihr lasst mich hier zurück ...

... mehr Bewacher kriegen ...

Mir steht es zwar nicht zu, das zu sagen, aber Kai könnte ...

← Lacht

Folgen?

Keine Sorge, ich würde dir folgen!

Schon wieder?!

Ich soll ohne dich los?!

Was ?!

... für das, was passiert ist.

Ich trage die Schuld ...

Uwah

Hört sofort auf! Ich krieg ja Gänsehaut!

Danke, Tsuzumi! Tausend Dank!

Vielen Dank!

Verbeug

Verbeug

Daher teile ich den restlichen Steinbildern mit, dass ich die Reise genehmige.

Gegen Mumyo, die alte Schachtel, wird zurzeit ermittelt.

!

Wie du uns gezeigt hast.

Deine Kräfte konnten Menschen retten.

Kai.

Du besitzt große Kräfte.

Sei auf der Hut, dass niemand sie stiehlt.

Eins noch.

Und du konntest Menschen zum Besseren bekehren.

Wie das hier ausgeht, hängt davon ab ...
... wie du deine Kraft nutzen wirst.
Folge dem Weg, der dir richtig erscheint ...
... und folge ihm bis zum Ende!
Jawohl!

Ähm, tja ...

Meiste... Kommandan-tin! Wir sind im Dienst, was sollen wir ...?

Wenn was Gutes passiert, dann wird bei uns in der Aonibi-Mine ausgelassen gefeiert.

Ist heute ein besonderer Anlass?

Und gleich so viele!

Was sind das für Ge-richte?

Wir feiern Kais Rückkehr!

Ha ha ha...

Schwaaah

Schwaaah

Will, dass Ko mitisst.

Lass gut sein, schlagt euch den Bauch voll.

Shirai auch!

Chitose!

Das große Fressen

Sakon! Ko!

Wir haben schon angefan-gen!

Prost!

Na dann!

144

Groh!! Groh Groh ゴゴゴゴ Groh Groh ゴ ゴ

Ich fordere dich heraus!

ゴゴ

Akeboshi!

Klonk

Zwischen uns steht es sechs zu sechs! Es ist an der Zeit, den Sieger zu ermitteln!

Ha hä hä ハハハ

Darum ging's dir also bei diesem Fest?!

Ach Kai, kennst du Meeresfrüchte nicht?!

Woraus besteht das?

おおーーっ!! Wooow!!

Ich nehme an!

Das ist ein Granatapfelshrimp!

Mampf もももも

Mampf もももも

145

Meisterin, Ihr könnt sonst auch Stäbchen kriegen.

Uff, diese Messer- und Gabeldinger sind kompliziert ...

Klonck

Klack

Noch ein Glas, aber dalli!

»Verwundet«, was?

Schmieg

Schmieg

Seitdem
meine Reise
angefangen
hat, ist mir
eines klar
geworden
...

WINNER!!

In dieser großen, weiten Welt ...

... gibt es so viele Leute ...

... die bereit sind, mir zu helfen.

Und all das konnte ich ...

... nur dank Akeboshi erfahren.

Was ...

148

UFF
...

Pfielen
Bwanck
...

Bluargh

Akerin kann
saufen wie ein
Loch, aber am
nächsten Tag
gehört er in
die Tonne.

Akeboshi!
Ich möchte
mich von Be-
nito verab-
schieden,
aber ...

Bluargh
おぇ

Jaja,
geh
schon.

Urgh
...

ひら
ひら
ら
FWUPP
FWUPP

Wie
lustig!

Poch

Genau
wie der
da!

Mein
Kopf ex-
plodiert
gleich
...

Poch
Poch

Ich hätte noch eine Bitte ...
Und die wäre?
Wegen Kurotobi ...
Bitte behandelt ihn wie einen Menschen.
Bitte foltert ihn nicht oder tut ihm andere schlimme Dinge an.
Wieso sollte ich das tun?
Niemanden im Stich lassen.
Das ist die Gerechtigkeit, an die ich glaube!

Gut.
Ich ver-
spreche
es.

Kai
...

Ich
danke
Euch.

Zeit
aufzu-
brechen!

Na
dann!

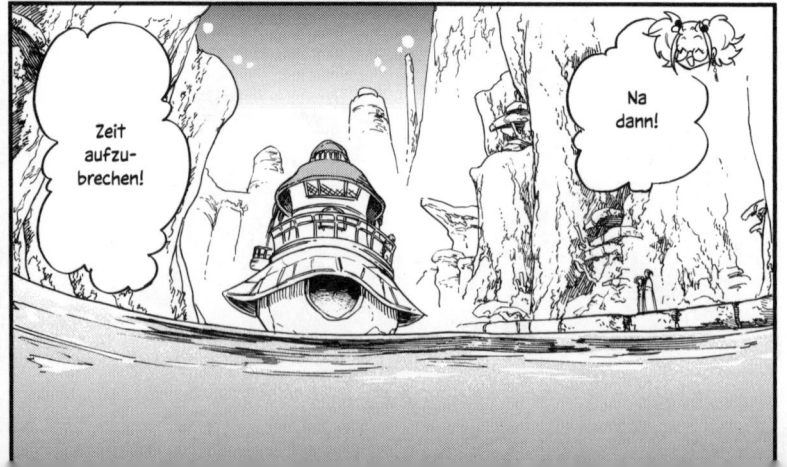

Sproing
Aaaah
Badumm
I… In die Aonibi-Mine rein- und aus ihr wieder raus-zukommenist nicht einfach …
Wah!
Ich hab die Waffe von Kuro-gane nicht abgeholt!
Hah
Hier.
Hä?
K… Kuro-gane?!
Und Benito!

Kotzen und kotzen lassen

Urgh

I... In die Aonibi-Mine rein- und aus ihr wieder rauszukommen ist nicht einfach ...

Mir ging's ... nie besser ...

Herr Akeboshi, alles okay?

Aber Sie haben doch so viel getrunken ...

Örks

Kapitel 28: Sonnenlicht

Bis sie fertig ist, sind wir dabei!

Ich hab dir doch gesagt, dass wir die perfekte Waffe für dich anfertigen werden!

Benito und Kurogane, ihr kommt mit uns?

muaah

Keine Sorge, mein Junge!

Ist das okay für euch?

... aber wird es zu fünft nicht eng?

Ich freu mich ...

Pamm

ど—ム!

Wir sind im Beiwagen!

Be... Beiwagen?!

Stapf

Stapf

Kapitel 28: Sonnenlicht

Nicht so hastig, sie ist noch nicht fertig.

Danke, Kurogane!

Absolut klasse!

Wow!

So ist das also...

Genau. Deine Leitkraft hat sich ziemlich verändert, also müssen wir die Waffe neu abstimmen.

Das war's noch nicht?!

Hä?

... Jetzt ... verstehe ich, welche Kraft der Rohdiamant besitzt.

Nur eine Vermutung!

Im Grunde ...

... besitzt er die Fähigkeit, die benötigte Resonanz zwischen Stein und Handwerker zu umgehen.

Das ...... war noch nicht dran ...

Akeboshi, hast du ihm das etwa noch nicht erklärt?

Und was ist das?

Jeder Handwerker hat einen Stein, mit dem er kompatibel ist.

Akeboshi hat eine hohe Resonanz mit Rubinen und Ko mit dem Tigerauge.

Professor Benitos Minilektion ♡

Die Resonanz zwischen Steinen und Handwerkern

H'ZZZ!ㄹァPP

Dann mach ich's halt!

Wo kam das her?

Klatsch

Klatsch

Niedrig

Gestein

Magma-
gestein

Sediment-
gestein

Schwierigkeitsgrad: ☆~☆☆☆
Können von jedem Handwerker benutzt
werden, jedoch ist ihre Kraft und eine
Steigerung ihrer Leistungsfähigkeit
begrenzt.

Mineralien

Schwierigkeitsgrad ☆☆☆☆

Gold, Silber usw.

Können nur
von Handwerkern
mit hoher Resonanz
benutzt werden, dafür
wohnen ihnen verschie-
dene Kräfte inne, die
sehr stark sein
können.

Edelsteine

Schwierigkeitsgrad ☆☆☆
☆☆

Diamanten,
Rubine, usw.

Hoch

Allgemein
wird gesagt: Je
seltener ein Stein,
desto schwieriger
ist es, ihn zu
benutzen.

Er kann
mit mehre-
ren Steinen
arbeiten!

Deswegen
ist er ja so ein
herausragender
Handwerker!

Tadaah

Aber
hat Ake-
boshi nicht
einen Aquama-
rin und einen
Turmalin be-
nutzt?

Hm?

... konnten sowohl du als auch Kurotobi den roten Diamanten benutzen.

Weil Kai zum Rohdiamanten wurde und somit den Rahmen der Resonanz sprengte ...

Genau.

Roter Diamant

Können ihn nicht benutzen.

Roter Diamant

Können ihn benutzen!

Aber Diamanten ...

... konnte ich früher nicht benutzen.

!

... müsste Kai die Fähigkeit erhalten ...

Der Legende nach ...

... wenn er zum perfekten Rohdiamanten wird.

... alle Steine der Welt zu benutzen ...

Hat da gerade Kais Magen geknurrt ...?

Es hilft nichts, dann mach ich mich mal ans Mittagessen!

Sst
ス゛゛......

Knurr
(Nachhall)

Knuuurr
くぅぎゅるる゛...
Knurr
くぅお゛...
Knurr
お゛...

Muaah

Na komm, grad wenn's so schön ist ...

Deshalb müssen wir fleißig trainieren!

Leitkraft wird aus der Körperkraft gewonnen!

168

Neeiiin!

Jawoll! Und 3 und 4 ...

Hey! Das ist unfair!

Was kann ich dafür, wenn du dich so leicht ablenken lässt.

Es gibt eine Verbindung zwischen Kurotobi und Mumyo?

Weil Ko das hier trug.

Aber woher kannte Mumyo die Kombination für meine Barriere ...?

So konnten sie in die Waffenhandlung und Kai versteinern.

... die Kombination für die Barriere von Mumyo erhalten zu haben.

Ja, Kurotobi hat gestanden ...

Auf euch beide kann man sich verlassen! Herrje!

...

...

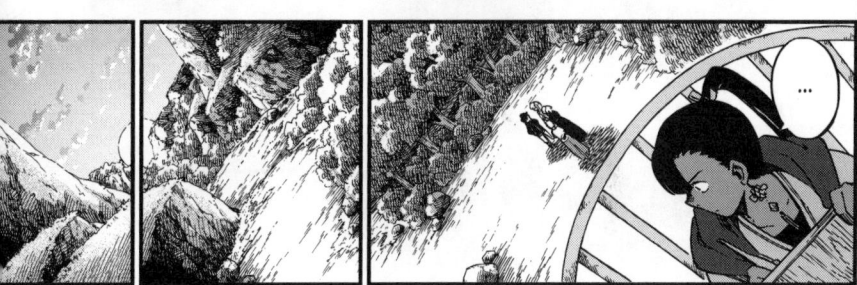

175

Am Ende dieses Bandes
findet ihr noch eine Story,
die zeitlich vor dem ers-
ten Kapitel spielt.

Darüber
reden wir
nicht.

Ah, das
Kapitel mit
der tollen
Fallgrube?

Was zu essen?!

Und die lokale Spezialität hier ist die beste!

ドーン

Tadaah

Aquamarin!

Hättest du dir denken können.

...

Flump

すん...

Tut das ... ... weh!

Boing

Donk

Uwah ...!

Womm

Aus dem Weg!

So ein Mist!

Blitz

Wir sind hier, um den werten Herrn Dorfvorsteher zu treffen. Ihr wisst nicht zufällig, wo er sich aufhält?

Wie bitte?

Äh, nein, also ...

Oh?

Seid Ihr für den Bergbau hergekommen?

Dieser Mantel ... Ihr seid Erzhandwerker?

Nicht der Rede wert.

Palast des Dorfvorstehers

Fwoooh

Flüster
Flüster

Hat er
das echt
gesagt?

...

Schüttel
ZL

Schüttel
ZL

Zunehmendes
Selbstwertgefühl

Untergebene
des Vorstehers

Sein
einsames
Herz ist
wieder
ganz!

Ein
Segen!

...

Hmpf
キリッ

Nun,
zurück
zum Roh-
diaman-
ten.

Ein
ganz
anderer
Mann
...

Gwipp

190

Wäre es ... ... möglich, die Ruine in Eurem Dorf zu erkunden?

... weshalb ich dich gerne gewähren lassen würde, jedoch ...

Zwar hat dich Tsuzumi hergeschickt und du bist eines der zwölf Steinbilder ...

!

... dass ich wegen dem Diebesgesindel alle Hände voll zu tun habe.

Nun, du hast ja selber gesehen ...

Die Dorf-
bewohner sind
nervös und ha-
ben die Ruine
für Fremde
gesperrt.

Ursprünglich
kommen sie vom
Westkontinent.
Doch in letzter
Zeit treiben sie
auch auf dem
Ostkontinent
ihr Unwesen.

Sie
nennen
sich die
Hinosuna-
Bande.

Wenn
nur
...

Ja,
so ist
das
...

Dann
könnte ich
den Zutritt
zu der Ruine
erlauben
...

...
jemand
sich darum
kümmern
würde.

Hmm ...

Sammeln wir zuerst Informationen.

Zuerst müssen wir wissen, gegen wen wir antreten.

Herr Akeboshi, was denken Sie?

Ein harter Verhandler ist er schon ...

Ist das hoch hier!

Tut mir leid, aber ...

Ähm ...

Ist es okay, wenn ich beim alten Bao auf euch warte?

... mein Ding.

... Banditen einzufangen ist nicht ...

Ja.

Kommst du allein zurecht?

Oh ... Keine Sorge, geht klar.

!

Er mag es wohl nicht, zu kämpfen.

Tut mir leid, dass ich dich mitgeschleppt habe.

Kurogane!

Ich bin einfach nur schwach.

Ach was.

Da dachte ich, es würde helfen, ihm all die Landschaften zu zeigen, aber na ja ...

...

Die Hürde ist wohl noch zu hoch für ihn.

Diamond in the Rough – Band 4 Ende

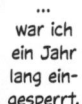

... war ich ein Jahr lang eingesperrt.

In einem dunklen Keller an einem noch dunkleren Ort ...

Aber es kommt ihm direkt wieder hoch. Vielleicht ist es ein psychisches Problem ...?

Doch, doch ...

Gebt ihr ihm nichts zu essen?!

Wieso ist der rote Diamant kleiner geworden?!

Katschang

Ich sagte doch, er braucht ein gewisses Maß an Freiheit und ... na ja, Lebenssinn.

Ts!

»Danke.«

Erschaffe du einen Ort für die, die dich Neues lehren und ...

Schenke ihnen ein Danke und strahle!

Dann wirst auch du zu einem unersetzlichen Edelstein.

... deinen Fähigkeiten den letzten Schliff geben.

Ende

SAKON

Alter
- 25 Jahre

Geburtsmonat
- Aquamarinmonat (März)

Größe
- 162 cm

Hobbys und besondere Fähigkeiten
- Räucherstäbchen
- Essen mit wenig Geld zubereiten
- Sonnenbäder

Vorlieben
- Tee mit Reiscrackern
- Misosuppe mit Reis

Abneigungen
- Tischmanieren
- Korrekte Höflichkeitssprache

← Der Fersensitz liegt ihr nicht.

YUKARI

Alter
* 24 Jahre

Geburtsmonat
* Diamantenmonat (April)

Größe
* 160 cm

Hobbys und besondere Fähigkeiten
* Steinmonster zähmen
* Taschendiebstahl
* Einbrechen

Vorlieben
* Granit
* Sich satt essen

Abneigungen
* Für zu jung gehalten werden
* Dinge schönreden

Grillen und
Räuchern mag →
sie auch.

DIAMOND IN THE ROUGH

THE

Vom Schicksal geschliffen